Succession de Madame la Marquise de **M*****

SECONDE VENTE

MEUBLES ANCIENS

Des XVIIe et XVIIIe siècles

BRONZES, PORCELAINES ET FAIENCES

OBJETS DE VITRINE, BIJOUX

TABLEAUX, PASTELS, GRAVURES

QUI GARNISSAIENT

LE CHATEAU DE LA MARCHE

EXPOSITION PUBLIQUE

Le Lundi 30 Juin 1890, de 1 heure 1/2 à 5 heures 1/2

COMMISSAIRE-PRISEUR :	EXPERT :
Me Jules APPERT	M. B. LASQUIN
Rue de Rivoli, 55	Rue Laffitte, 12

PARIS — 1890

IMPRIMERIE MAULDE et RENOU

A. MAULDE & Cie

IMPRIMEURS DE LA COMPAGNIE DES COMMISSAIRES-PRISEURS

Rue de Rivoli, 144

NOTICE

DE

MEUBLES ANCIENS

DES XVIIᵉ ET XVIIIᵉ SIÈCLES

Jolis Sièges Louis XV et Louis XVI
Bronzes d'Ameublement, Pendules
Chenets, Flambeaux
Porcelaines et Faïences anciennes
Objets de Vitrine, Bijoux
Curiosités, Tableaux, Pastels, Gravures
Meubles modernes, Objets divers

GARNISSANT

LE CHATEAU DE LA MARCHE

DONT LA VENTE AURA LIEU

Après décès de Madame la Marquise de M***

HOTEL DROUOT, SALLE Nᵒ 8

Les Mardi 1ᵉʳ, Mercredi 2, Jeudi 3, Vendredi 4
et Samedi 5 Juillet 1890, à 2 heures

Mᵉ Jules APPERT | M. B. LASQUIN
COMMISSAIRE-PRISEUR | EXPERT
Rue de Rivoli, nᵒ 55 | Rue Laffitte, nᵒ 12

EXPOSITION PUBLIQUE

Le Lundi 30 Juin 1890, de 1 heure 1/2 à 5 heures 1/2

CONDITIONS DE LA VENTE

———

La vente sera faite au comptant.

Les Acquéreurs paieront, en sus des adjudications,
CINQ POUR CENT applicables aux frais de la vente.

———

A MAULDE et Cⁱᵉ, imprimeurs de la Compagnie des Commissaires-Priseurs,
rue de Rivoli, 144.   700—7211

DÉSIGNATION SOMMAIRE

AMEUBLEMENT

Grand Meuble Louis XIII, à deux corps en noyer sculpté à vases de fleurs et sujets à figures sur les portes, avec montants à cariatides et guirlandes de fruits.

Petit Meuble Louis XV en bois satiné garni de bronzes.

Six Lits et Couchettes Louis XVI en bois sculpté et peint en blanc, plusieurs d'un riche modèle et garnis d'étoffe.

Grande Armoire Louis XV en bois sculpté.

Meuble style Renaissance à colonnettes en noyer à tiroirs et à vantaux pleins.

Coffre en vieux chêne sculpté.

Chiffonnier en noyer à dessus de marbre.

Petite Commode Louis XV garnie de cuivres et à dessus de brêche d'Alep.

Commode Louis XIV en palissandre, garnie de cuivres argentés.

Bahut Louis XIII à deux corps en chêne.

Petit Bureau bonheur du jour en acajou.

Chiffonnier Louis XVI en acajou.

Bonheur du jour en acajou à corps supérieur vitré.

Grand Coffre en chêne sculpté.

Table en bois de rose à pieds arqués.

Petite Armoire à deux corps en bois de rose garnie de cuivres, le haut vitré.

Table à pieds tors avec dessus en tapisserie au petit point.

Petite Armoire en marqueterie.

Secrétaire Louis XVI en marqueterie à quadrillages.

Cinq Glaces Louis XVI en bois sculpté et doré ornées de portraits peints au pastel.

Crucifix en ivoire, nacre et cuivre argenté.

Deux grandes Consoles Louis XVI en bois sculpté peint en couleur turquin et doré en partie.

Petits Meubles d'enfants anciens.

Appliques en bois doré.

Console Louis XIV en bois sculpté peint blanc et à dessus de velours.

Petite Commode Louis XVI à deux tiroirs.

Petit Bureau écran en acajou.

Armoire normande.

Écrans divers du xviiie siècle avec feuilles en tapisserie et soiries.

Petit Paravent japonais.

Jardinière hollandaise en marqueterie.

Petite Vitrine Chaise à porteurs en étoffe brochée.

Petit Porte-Montre Louis XV en bois de violette et cuivres.

Coffrets en malachite, en bronze et en ivoire.

Petit Paravent en noyer, broderies et glaces.

Petite Table Louis XVI en bois rose et mosaïque.

Chiffonnier ancien.

Petite Commode Louis XV garnie de cuivre et à dessus de marbre.

Secrétaire Louis XVI en bois rose et palissandre.

Coffre reliquaire Louis XIII en écaille à colonnettes et surmonté d'une croix.

Commode Louis XVI à trois tiroirs, en palissandre et bois rose.

Deux Vitrines en acajou garnies de baguettes de cuivre.

Quantité de Meubles divers, anciens et modernes.

SIÈGES

Jolis Sièges, Bergères, Fauteuils et Chaises Louis XV, Louis XVI et de style, en bois sculpté garnis de riches étoffes.

Chaise longue Louis XVI peinte en blanc et garnie de soie brochée.

Petit Tabouret de pieds Louis XVI en bois sculpté et peint en blanc.

Tabourets Louis XV et Louis XVI.

Grand nombre de Sièges de fantaisie anciens et modernes.

PENDULES ET BRONZES

Pendule Louis XVI en forme de Temple, à colonnes en marbre blanc, garnie de bronzes dorés et surmontée d'une lyre accostée de deux enfants en bronze vert.

Petite Pendule Louis XVI, à cadran tournant au-dessus d'un Temple circulaire en marbre turquin.

Pendule Louis XIV en marqueterie de cuivre sur écaille, garnie de bronzes.

Pendule style Louis XIV en marqueterie de cuivre. d'étain et d'écaille.

Pendule religieuse en bois laqué.

Pendules Louis XVI en marbre blanc, ornées de bronzes et de plaquettes en biscuit.

Pendule à colonnes en marbre blanc.

Deux grands Chenets Louis XVI, à vases et fûts cannelés en bronze doré.

Deux petits Chenets Louis XVI, à boules.

Deux petits Chenets Louis XIII fleurdelisés.

Deux Candélabres à trois lumières, de la fin du xviiie siècle.

Cartel Louis XVI en bronze.

Sept paires de Flambeaux Louis XV et Louis XVI et de style, en bronze doré et cuivre.

Lanterne persane en cuivre.

Douze paires de Flambeaux en bronze et en cuivre, de styles Louis XVI et Louis XIII, deux Girandoles à trois lumières.

Plateaux, Appliques, Cafetières et divers Objets en cuivre jaune.

PORCELAINES ET FAIENCES

Encrier en porcelaine blanche de Saint-Cloud, avec monture en bronze de style Louis XV.

Plats en ancienne porcelaine de Chine, émaillés en couleurs.

Garniture de trois petits Vases en porcelaine verte avec montures de style Louis XVI.

Deux autres Vases en porcelaine gros bleu avec montures de style Louis XVI.

Deux petits Flambeaux formés de vases en porcelaine tendre de Mennecy.

Grand nombre de Tasses, Soucoupes et pièces de Cabarets en ancienne porcelaine de Sèvres, de Saxe et de Chine.

Assiettes, Potiches, Vases en ancienne porcelaine de l'Inde.

Coupe ronde à Couvercle en ancienne porcelaine de Saint-Cloud, à décor bleu.

Porcelaines Louis XVI, à la Reine, de Locré et de Barbeau, Vases à fleurs, Corbeilles, etc.

Collection de faïences anciennes, comprenant un très grand nombre de pièces, telles que : Vases en faïence de Vaucouleurs du xviiie siècle, Bannettes, Plats, Pichets, Assiettes en vieux Rouen, Soupières, Assiettes de Nevers, de Moustiers, de Strasbourg et de Marseille, Garnitures en faïence de Delft, polychrome, Vases en faïence italienne (Diverses pièces de cette Collection ont figuré aux Expositions de *l'Union centrale*).

BIJOUX ET OBJETS DE VITRINE

Douze Boîtes anciennes en écaille dont une avec mignature et une ornée d'incrustations.

Trois Nécessaires de poche en argent et galuchat.

Deux Montres Louis XVI en or émaillé. — Pendant de cou en argent et roses. — Trois Croix en marcassites. — Broche en or avec mignature.

Cent trente Bijoux : Croix, Pendants d'oreilles, Broches, Épingles, Médaillons en or, argent et cuivre doré.

Cent deux Bijoux : Pendants d'oreilles, Broches, presque tous en or, les uns avec pierres de couleurs, lapis, agate, etc.

Bijoux divers.

Parure en or et Camées.

Miniatures.

Éventails.

Vase balustre en jade gris sculpté de travail chinois.

Poussah en cristal de roche.

TABLEAUX, PASTELS ET GRAVURES